林泉叢書一一六篇

歌集

あなたを産んだ日

谷　夏井

青磁社

著者と母（2005 年　徳島にて）

縁《えにし》あり――序にかえて

雁部　貞夫

本歌集の著者、谷夏井さんは、かつての関西歌壇の雄、鈴江幸太郎（「林泉」創始者）を祖父とし、「林泉」を継承した平岩不二男、草子《かやこ》（幸太郎の娘）を父母とし、その亡きのち「林泉」を背負って今日に至った。そしてこのたび、「新アララギ」選者として、新しい荷が加わることとなった。

谷夏井には、われわれ旧世代の歌よみにはない、新しい感覚と活力がある。彼女が今後、「詞《ことば》」の大海原に新しいルートを拓くことを期待して、いくつかの歌を書き記すものである。

（令和五年九月吉日）

歌詠みも三代つづけば「歌の家」鈴江幸太郎
を先きがけとして

いつの便りか平岩草子さんはなつかしむ京大
生集ひ論じし「炭之座」の家を

食乏しき戦後の京の大学生なかんづく竹内邦
雄ら夜の白らむまで歌論じしと

早大へ入りし記念に求めたる『海風』に墨痕
リンリ幸太郎の歌

わが歌を最初に読むと文くれき今に思ふよ草
子さんの声と面影

平岩夫妻亡きのち吾らこぞり支へき「林泉」
継ぎしその娘御を

谷姓は近江に多し写山楼谷文晁もその一人にて
奇《くす》しかも有りがたきかも新選者谷夏井さんわ
かき力を振ひ給へよ

目次

二〇一五年

二〇一六年

二〇一七年

二〇一八年

二〇一九年

二〇二一年

二〇二二年

あなたを産んだ日

二〇〇七年

母の病室

ドアの前息ととのへて笑顔つくりおもむろに
母の病室に入る

刻々と落ちゆくいのちの砂時計いま母のため
に何をなし得む

退院すれば桜を見せたし大和へも連れてゆき
たし思ひは尽きず

本好きのDNAをありがたうと徹也が言へば
涙ぐむ母

「ありがたう」たがひに幾度も繰り返すこれ
が最後の夜かもしれず

死の床に母の一生のさち問へばよどみなく答
ふる「あなたを産んだ日」

息絶えし祖母の面に頬寄せて初は優しく撫で
擦りをり

納骨

古びたる祖父の骨壺に添ふごとく母の真白き壺納めたり

幼くて母失ひし母の一生《ひとよ》今はみ墓に甘えゐるらむ

わが庭の紅《こう》あはき芍薬を手向けゆかむ阿波の
み墓のいよいよ親し

迷ふなくけふ締めむ帯は母の形見祝の会に伴
ふ思ひに

締むる帯かすかに鳴れば思ひ出づそを詠みし
母の『風紋』の一首

夏ごろも褒めらるるたびわづかにも心華やぎ
服喪終へたり

賤ヶ岳

古戦場より見る余呉湖は時の流れを潜めてふ
かき藍にしづもる

風吹けば騒ぐ葉擦れを落ち武者の嘆きと聞き
つつ賤ヶ岳くだる

勝家の与力とも聞く遠き祖よいかなる思ひに
砦を落ちしか

逃げ延びし先祖のありて今に繋ぐDNAを思
ふこの山道に

入念に歌会の準備を整へて最後は確かむ母の位牌に

「お疲れさま」の声聞く思ひす会終へて母の遺影を包みゆくとき

二上山・談山神社

朽木塞ぐ山路に喘ぎ汗なして思ふは何ゆゑの
頂の墓かと

皇子の墓処を閉ざす鉄の扉の前朱き林檎ひと
つ置かれてありぬ

皇子の死を嘆く大伯皇女《おほくのひめみこ》を偲び下れば「万葉
の伏流水」の札

盛りには早けれど見むと訪ね来て談山神社の
紅葉に会ふ

葺き替へし屋根の切り口の重なれる檜皮は色
もあたたかく見ゆ

離れ住む娘戻りていそいそと夫は酒の仕度な
どする

大晦日娘と厨に立つ幸も母逝きてしみじみ味
はふひとつ

二〇〇八年

子規堂

高層ビルのあはひに悠久のときをおもふ難波の宮の大極殿跡

難波の宮に置き捨てられし孝徳帝偲べば枯芝
に入日かがよふ

「京都にも秋にはきつと」と宮地先生の言葉
賜ひぬ母に替はりて

校正に疲れて眺むる庭木の枝に母をなぐさめ
し鳥の来てゐる

絶筆とも思へぬ確かな文字の跡子規堂にへちま三題つつしみ仰ぐ

死ぬ日まで子規を包みし布団地のチェックの柄を新鮮と見つ

子規の髪鳴雪の髯を納めたる塔に額づくとき紅つばき落つ

法隆寺金堂展

焼損前の写真をなぞる復元壁画は画家の個性の際やかに浮く

色硝子豪奢に用ゐる天蓋はただみ仏のため民貧しき世に

かうその実赤く熟れゆく木の下に夫を待たせて憶良の歌写す

飯盛ると有間皇子の詠み給ひし椎の葉は思ひのほかに小さし

鼬の子

叢に見え隠れする茶の頭もたぐるときに鼬の
子と知る

何処より迷ひ込みたる鼬の子か円らな瞳にわ
れを見つめて

地の虫を探しつつ過ぐる仔いたちを見守らむ
家の辺に猫多ければ

幼より好奇心あふるる娘なりき誰が血を継ぐか舞台に立つとは

今日は子のミュージカル出演の初日なり朝餉の仕度に力籠もりて

文学に関はる家系

抱き上げてざくろの弾けるを教へくれし祖父
遥かなり炭之座町も

胸に迫り偲ぶは遠き日兄弟に文学を競ひし叔
父らの姿

文学に関はる家系を今に継ぐか子も時惜しみ
小説を書く

大学より戻りて素早くネクタイを締め教師の
顔に子は出でゆけり

教へるは教はることか塾講師を続けていつし
か子も人となる

自らの稼ぎにあまた古書を買ひ子は近世経済
史を熱く語る

賜りし黒豆を煮る土鍋よりふつふつと幸せの
音聞こえくる

土鍋にて艶よく煮上げし黒豆は正月を待たず
食べ尽くされぬ

二〇〇九年

母の三回忌

学生多きこの街に残る最後の書店今日閉ざしたり時雨降るなか

学術書を減らしマンガや雑誌置く店の変貌も
つぶさにわが見き

御室なる墓所に祈れば風立ちて手向けし香揺
る母応ふるか

歌の友ら訪ひたまひて供華あたらし母の好み
し白百合まじる

壁にフェンスにとりどり薔薇の咲き出でてそを喜びし母の偲ばゆ

子の寄るとメール届きてエプロンつけふたたび向かふ夜更けの厨

子のために久々に揚ぐる豚カツの油は心地よき音に撥ねゐる

胡瓜刻む音に目覚むるよろこびを離れ住む子
は起き出でて告ぐ

能満神社

わが撫づる祖父の歌碑はひんやりと心地よし
この日盛りに

「幸太郎」と彫られしあたり紅萩の撓り零れ
てわが足に触る

羽黒蜻蛉萩の根方に羽休め動く気配なしわが
近づくに

わがあとに羽黒蜻蛉の付き来るをまた振り返
る祖父か母かと

斑鳩・飛鳥

傷めるを除きて埋むる補修の跡の木肌鮮やぐ
千余年の柱

鏡池に柿食む子規が聞き留めし鐘の音は今我
にも届く

ひとところ厨子に青く光る見ゆ玉虫の恨み残れるごとく

万葉の恋歌思ひて渡りゆく飛鳥川に円き飛び石いくつ

飛鳥川の流れに浸す掌のかたへ影曳きてアメンボはついいと滑りぬ

竜福寺の石塔は罅割れ風化すれど台座に最古の銘文の見ゆ

乙巳《いっし》の変の企てを胸に中大兄皇子駆け行きし道か飛鳥川辺は

丘の際に南淵請安は眠りをり稲淵の村をなほ見守《まも》るがに

三井寺

琵琶湖より京へ運河を引く夢をはや清盛の持ちしとけふ知る

その墓も永く知られざりし大友皇子いま安らぐや市庁舎に抱かれて

御陵の前に楓ひともと朱極む往時の無念を伝ふるごとく

誰が撞くか三井の晩鐘は木々の間を籠もりて響きわが胸に沁む

時々の権力におもぬる寄進の跡も知りて風寒き三井寺巡る

二〇一〇年

篠懸

その葉陰に幼き母を寄らしめし辻の篠懸明日
伐らるるといふ

幹腐り樹木医も匙投げし篠懸は倒壊を怖れ伐られむとする

縁ありて母の育ちし町に住みわれも励まされきぬこの篠懸に

こと成りて祝杯あげたき今宵なり夫の帰りをただにわが待つ

安堵して夫のワインに少し酔ひ言葉の多くなりゐるわれか

武寧王の陵

百済なる武寧王の陵は春の雪積みてわが立つ前に清しく

墓に据ゑし王の足枕は日本の高野槙製と知れるも親し

復元像の王の面輪は穏やかにて今もこの地に慕はれゐるらし

百済王の墓は調べしに天皇陵は未だ許さぬ日本といふ国

味噌に仕立て我に贈ると雪掻きて君は蕗の薹
を集めくれしか

花水木咲き盛る庭に思ひゐつ雪の下に蕗の薹
摘む君を

ねもころに練りくれし君が蕗味噌を食めば信
濃の春浮かび来る

開票速報

待ち合はせ銀座のカフェに子と語り初夏《はつなつ》の夜
はゆるゆると過ぐ

娘を持てる悦び沁みて思ふなりフルーツタル
トを分け合ひながら

世代交代願ふこころか選挙公報にまづ候補者
の年齢確かむ

新しき風のわれらに吹かむ日を待つ思ひに見
る選挙速報

夜更けまで開票速報を見るならひ子らも継ぎ
たり今宵かしまし

柘榴の家

祖父の心辿らむ思ひに歌集より名を借り受けぬ「柘榴の家」と

「柘榴の家」の看板つひに仕上がりぬ澤田氏揮毫の文字あざやかに

やうやくにわが夢叶ふ「柘榴の家」誰よりも
告げたき母は今亡し

実をひとつつけたる柘榴の幼木よ育ちてシン
ボルツリーとなりゆけ

「柘榴の家」に移さむ古き雑誌の束読み耽り
つつ真夜を覚えず

三角縁神獣鏡に描かれし顔おほどかなるを飽かず見めぐる

景行陵にそそぐ流れは細けれど瀬音たしかに芥よけゆく

「林泉」のためにもよくぞ走りくれしと今年最後の洗車終へたり

二〇一一年

黒谷金戒光明寺

年どしの我が家のお節に変はらぬもの吾の煮しめに夫の出し巻き

港の汽笛を背に登るわが初詣三十年目なり神戸に嫁して

何を祈る千手観音か弓に矢に果ては髑髏もその掌に乗せて

ゆくりなく仏間の屏風に見出でたる若冲の鶏の図を離れがたしも

信長の書状の朱印「天下布武」我には「天」の一字しか読めず

六甲《むこ》の峰に雪雲かかれば北陸を旅する夫の難儀を思ふ

辛味大根に蕎麦を喰へば足るらしき夫健やかに越前をゆく

校正の手を止め階下に確かむるトイレに通ふ
父の杖音

宮地伸一先生

歌稿いまだ届かざる福島の友らの住所ただお
ろおろと地図に辿りぬ

吾ら綾部に熱く学ばむ雁部先生は余震の絶え
ぬ町より来ませり

綾部歌会に昨日快気を祈りしにけふは宮地先
生の訃を聞くものか

安国寺に吾ら地蔵仏ををろがみゐたり先生の
み命迫るを知らず

追悼号に載せむ宮地先生のうつし絵を胸迫り
つつパソコンに選る

わが使ふ母の『歌言葉雑記』の表紙裏「共に
生くべし」と先生のみ文字に

あと絶たず発行所に届く追悼歌かく慕はるる
先生なりしに

人柄に歌に惹かれて従ひ来てこの喪失感は詠むすべもなし

それぞれの胸に生きます先生を守りてゆかむ歌びとわれら

父の急変

にはかなり母の名言へず右半身動かざる父の
けふの異変は

脳内に出血重ぬる果ての麻痺「慢性硬膜下血
腫」と父は診断を受く

よく転ぶを歳のせゐとも軽く見て溜まれる血
には思ひ及ばず

脳外科にいそぎ運ばれし日のうちに手術決まりぬ父九十二歳

溜まりたる二百五十ＣＣの血を抜けばわが名をはや呼ぶ父は目覚めて

紙漉き踊り

紙漉きの踊りに喝采惜しみなく歌会終はりし
夜は更けゆく

水底の鰈の眠りに擬へし母真似て寝む歌会を
終へて

歌会の一夜明くれば吾を待ちゐたり共に脚萎
えし父と犬とが

ここを越えし女工多しと九十九折の野麦峠を
吾も辿りぬ

山村の貧しき少女らの成す絹に外資を稼ぎて
日本は栄えぬ

学ばむと奮ひ降り立つ朝の駅東に多武峰の山
は霧へり

信濃へとまた明日香へとこの秋は新しき靴に
かろく歩めり

年暮れて

名のあとに命《みこと》一字の加はりて甥の逝きたり四
十を待たず

ただ一度甥の残しし本音なり「をばちゃん俺まだ死にたうないねん」

外つ国に命削りて赴任終へ帰国に安らふ間なく友逝く

若き日を分かち合ひたる友逝きてわが青春のひとつ消えゆく

「林泉」に変革成りし年暮れぬ短しとも長し
とも思ふ一年《ひととせ》

二〇一二年

林泉六十年

はろばろと六十周年迎へたる「林泉」の絆は
おろそかならず

「林泉」を支へて逝きし人らを思ふ吾ら迷はば導きたまへ

過ぐる年この高松に見《まみ》えしが終となりたり宮地先生

桂浜にとどろき寄せくる波の果て大き弧をなす水平線は

この景ありて龍馬のうつはの育ちしと外洋《そとうみ》遠く眺め飽かずも

誰も誰も語りたまへり能満社に歌碑除幕せしかの日の思ひ出

幸太郎を思はするといふ澤田さんの歌評を綾部に慎みて聴く

言ひ過ぎとまた言ひ足らずとわが歌を評したまふ澤田さん健やかにして

母の終の味覚となりし苺ピューレ鮮やかに仕上げぬ命日けふは

黒部立山

黒部ダム水面は半ば凍てつきて緑の氷に動く
影なし

胎道を進む思ひのさながらに聳えて迫る雪壁
のなか

ケーブルにバスにロープウエーと乗り継ぎて
雪嶺神さぶ立山を越ゆ

広島歌会

塩田の跡と聞けども埋め立てて土屋先生詠み
し影をとどめず

生口島のみ寺に鎮まる式子内親王玉の緒賭けし恋のはたてに

高根島隔つる狭き瀬戸のまへ逆巻くうしほにわが立ち竦む

竹田城跡

石の階嶮しき竹田城を登りゆく借りたる黒竹の杖を頼りに

かかる岩を山に積みしは山名氏か戦国の世の権勢を思ふ

石垣のみ残る城跡すがしかり風を遮る何ものもなし

ほどほどの天下取りたる心地して竹田の城の
風に吹かれゐつ

亡き姑の描きし蓮の絵に替へて仏を迎ふる仕
度ととのふ

週に一度いで湯に浸る贅沢を疲れのしるき吾
が身に許す

ゆく雲を露天の風呂に眺めをりふはりと心放つ思ひに

帰る日のみ短きメールに知らせきて何処の寺を調査する子か

明日香祝戸荘

けふ宿る部屋の名は「大津」それのみに心ゆたけし祝戸の夜

飛鳥川に沿ひて小暗き木下みち踏みゆく下草湿りを残す

君宿りたまひし薬屋旅館の壁にドリンク剤の
広告親し

飛鳥寺へ抜けゆく路地の旧家の門に駒繋ぎ二
つ錆びて残れり

父を送る

迫る死に抗ふ姿かいつまでも激しく首振る危篤の父が

父のいのち目守《まも》りつづけて暗き窓に始発電車の轟きを聞く

母の写真胸に抱けばたちまちに父旅立ちぬ待ちゐし如く

子のわれが脈とり孫が時刻見る父の最期を幸とも言はむ

林泉の危機を救ひし父の言葉思ひ出しをりもがりの部屋に

歌集ひとつ世に出《いだ》すなく逝きし父その意志寂し否《いな》清々し

父亡きいま「柘榴の家」に年越さむ久々に子らも集ひくるべし

木枯しにもいまだ落ちざる柘榴の実を確かめ父母の家に入りゆく

母から娘へバトンを渡すごとくにて我が家の
雑煮の味伝へゆく

「柘榴の家」に元日迎へむ家族《うから》四人を写真と
なりし父母が見守る

二〇一三年

室戸岬

海沿ひに追はるるごとく車駆く室戸の岬に沈む日見むと

息つめて見守る波の上に大き日のぐらり傾き落ちてゆきたり

海に日の入りて茜より紫に色移るたまゆら神さびにけり

室戸の海けふ風荒れて鵜の一羽飛ぶとも落つるとも見えて消えたり

岡本梅林

古き歌に「梅は岡本」と詠まれたる里に住み
慣れ二十年過ぐ

江戸の世にわが村の年貢は米ならぬ梅を樽に
て運びしと記す

六年前伴へば喜びし母なりき最後の梅見とな
るを思はず

梅林の展望台より紀州を指せど母の眼はすで
に捉へ得ざりき

父の納骨

巻ける葉の緩さ好もし春キャベツ斯く柔らか
く吾も生きたし

寄り添ひし姿浮かびぬ春たけて父の納骨母七
回忌

わが庭の薔薇をみ墓に供へたりけふ仁和寺へ
納骨に来て

この墓の母にやうやく父の添ふ過ぎゆき六年
永くみじかし

わが縫ひし晒の袋に移し替へ父のみ骨を母の
傍に置く

錦市場

林泉を支へたまひしきみを労ふ鴨川《かも》の畔の青
葉差す店に

誰も誰も感謝を述べて尽くるなし慎ましく盃
受けゐる君に

錦市場にけふも迷はず甘鯛《ぐじ》を買ひ麩饅頭を買ふ夫への土産

錦市場に外国人客の溢れゐて「Try one《おひとついかが》」と店員の声

吉野国栖の里

暑き街に仕事を置きてけふ一日夫の勧めに吉野に遊ぶ

尋ねたづね着きたる国栖《くず》の集落は大海人皇子を匿ひしところ

この祠の狭き岩陰に身を隠し皇子は追手より
逃れたりしとぞ
雪深き吉野に潜み血の争ひに兵挙ぐる日を待
ちゐし皇子か

炭之座町の家

遠来の友誘ひゆく歌碑の前はつかに白き萩咲き始む

炭之座町の祖父の庭より移されし柘榴はこの宮に秋の日を浴ぶ

秋祭近き社務所に通されて獅子頭と太鼓の中
に語らふ

背筋伸ばし君は語りぬ「林泉」の古き記憶を
淀むことなく

人に逢ふが今の仕事と心得よ夫の言葉に励ま
されをり

ひと息に三和土を駆けて裏庭の柘榴に寄りき
幼き吾は

温め持つ記憶のひとつ柘榴の実を祖父に抱か
れて両手に捥ぎき

片隅に防空壕の崩《く》え残る祖父の庭なほ眼裏去
らず

祖父の部屋囲みゐし本棚はわが父が日曜ごと
に通ひて作りき

祖父もまた母も被りしベレー帽高松歌会への
わが荷に加ふ

二〇一四年

鞆の浦

鞆の浦くり返し寄る波の音に吸はれ消えゆく
小さき憂ひ

浜の店に魚焼くわれの卓のまへ野生の狸は足
揃へ待つ

石垣の下に歌碑建つひと本の旅人《たびと》の椪の木そ
の幹細し

有史以前の地層を鞆の浦に見て旅人も近き世
の人と思ふ

氷上達身寺

光秀の丹波攻めより守らむと僧らは仏像を谷に投げにき

顔潰え腕捥がれたる仏あまた御堂に声無き声きくごとし

達身寺様式と寺の名の付きていづれも下腹膨らむ仏像

なべて身の欠けたるままに仏像は清らなる笑み浮かべつつ立つ

東近江・み寺ふたつ

ゆくりなくこの寺に見る役行者像脈打たむばかりに血管彫りて

傍らの花群に息をととのへて方形の空めざし段のぼりゆく

百済よりの渡来人築きし塔なるか韓国に見し
造りにも似て

新しきも苔むすも樹下《こした》に列なせる山の上の石
塔親しみ廻る

銀梅花

黄砂厚く積もれる庭の銀梅花葉を擦れば黒き
粉の舞ひ落つ

花つけぬ母の銀梅花を遂に伐る蘖一本に思ひ
託して

三年経て白山木の咲き出でぬ父はその花待ちゐしものを

わが為に向かふミシンは音軽くタオル二枚にブラウスを縫ふ

祖父の文庫本

紙の質字の大きさにも拘りて祖父の文庫本遂
に成りたり

文庫本の表紙の色に迷ひなし祖父の古里阿波
の藍とす

待ち待ちて届きたる祖父の文庫本まづ手を浄めその荷を解きぬ

母あらば何を措きても見せたしとわが掌の文庫本撫づ

祖父の文庫本三冊揃ひてわが一生の願ひのひとつ今叶ひたり

亡き母の大島紬に身を包み秋期歌会の受付に
立つ

夫君の押す車椅子にて秋期歌会に来《きた》れる友の
面晴ればれと

母好みし大島の生地の擦るるとき囁くごとし
しゆるしゆると鳴る

会終へて主婦に戻りしベランダに洗ひ上げたる白足袋まぶし

犬を目守る

震ふ脚に庭へ這ひ出てわが犬はけふも定まる場所に用足す

帰り来て子らは真直に犬に寄り毛薄くなりたるその背を撫づ

人ならば語りてひと夜明かさまし十八年を共なる犬と

ひと匙づつわが手に餌を食べさせて衰へしるきわが犬守る

寒き夜に徘徊する犬を目守りぬかつて姑に父にせしごと

もの言はぬ犬なれば心通はししその眼もいまは白く濁れる

嗅覚も視覚もすでに衰へてわが犬は目の前の餌に気付かず

二〇一五年

ムサシ・こじらう

自らの意志にて食を断つごとくわが犬ムサシ
は老衰に逝く

ふたたびを甘ゆることなきムサシのむくろ娘
のコートに包みて抱く

脚の痛み消えたる今は思ふまま駆けゆけよ天
上にも野の原あらむ

ベランダのデッキブラシに亡き犬の噛みあと
深く残りてをりぬ

犬曳きて日ごと通ひし地蔵の祠綱なき両手に
花を供へぬ

にはかなる衰へ見せてわが猫は昨日もけふも
餌に近寄らず

キッチンへ居間へたどたど吾を追ひ痩せて弱
れるこじらう従きくる

猫病めば子は帰りきて世話をする新しき仕事に泥める日々に

南の海

犬と猫逝きたる今は憂ひなし三日の旅に家空くることも

会終へし疲れと安らぎこもごもに覚えつつ南
の海に旅立つ

佐喜眞美術館

丸木夫妻の「沖縄戦の図」に真向かひぬ修学
旅行の子等にまじりて

沖縄戦に殺されし数多の人のまなこ輪郭のみにて瞳描かず

その名ゆゑわが憧れし月桃のいま盛りなり島の何処も

火竜

草も人も息してゐるのかわが町はけふ摂氏四十度に迫る

伝説の火竜《サラマンドラ》に似てこの吾のけふ吐く息を炎と思ふ

法師蟬の初鳴き聞けばこころ和ぐ夏耐へたまふ君を思ひて

如何にして部屋へ入り来しカネタタキ姿なくふいに澄む音響く

昨夜は居間けふは厨に移り鳴くカネタタキ親しわが飼ふごとく

今日ははや声の消えたりカネタタキわが部屋
を終の宿りとせしか

敦賀行

来む雪に道を閉ざすと標に見つつ栃ノ木峠め
ざして登る

谷の傾りに身を乗り出して危ふきに樹形保てる栃五百年

北国街道の関と栄えし板取宿に今は四軒が身を寄せて住む

板取の宿場貫く石畳に沿ひてかそけき流れの音す

昨夜の雨に落葉匂へる山の径木ノ芽峠はやうやく近し

二〇一六年

栗林公園

この冬を南湖に宿る鴨の群れ寄るわが舟にこぞり飛び立つ

地下水の吹き上げて湧く浅き瀬に苔も落葉も
煌めきて透く

汀へと続く石段を崩すまで木の根這ひをり舟
着場跡

瀬戸の海見放くる出湯に浴む吾を一羽の鳶が
見下ろして舞ふ

伊勢斎の宮

この窓に向きて書き物してをりし母の目に立
つ九年過ぎゆく

永くわが思ひし斎宮の跡どころ共に訪はむと
子はプラン練る

都より六日の旅せし斎宮の御幸思へり特急列車にゐて

思ふより豊かなる斎王の暮しにて牧や薬園を備へし跡あり

弟を送りて大伯皇女の立ち濡れしは何処《いづ》べか風わたるのみ

伊勢の野に風を遮るものなくて斎宮遺跡は復
元のとき待つ

夫の手術

朝ごとに保久良の山を歩きゐし夫なり今は杖
を離さず

一年を股関節に苦しみし夫の手術のいよいよ
決まりぬ

X線の画像に示す夫の関節押し潰されて跡形
もなし

この足ぢや痛かつたよねと頷きたまふ主治医
の言葉胸あつく聞く

夫の使はむリハビリ用のクッションを作りて
赤きリボンに飾る

リハビリの成果こまごま知らせ来る夫のメー
ルを今宵も待てり

壁に貼る目標は幼児さながらに「ひとりでト
イレ」「ひとりでシャワー」

星のロマン

烈しき風過ぎて珍しわが屋根の上にまかがやく星ぼしを見る

遠き夏砂子なる言葉覚えたり浴衣の祖父にわれは抱かれて

高校の天文台に星のロマンを語りし友は早く
逝きにき

わがために土星の写真焼きくれて溢るる口調
に語りしものを

透く翅を広げ飛び交ふ熊蟬よかく必死なる恋
をわれはせざりき

地に深く新しきいのち産み落とし果てたる蟬
を草陰に移す

布野の清酒

祖父と母眠る徳島清水寺《せいすいじ》今年も詣でむと夫言
ひくれぬ

墓のまへ額づき告げたり全歌集文庫本のやうやく成りしを

持ち来しは布野の清酒「しがらみ」ぞ召しませと祖父の墓に注ぎぬ

GPS恃みて探す「鈴江」の地祖先の跡をバイパス貫く

林泉の歌会にゆくりなく訃を聞きて乱るる心に黙禱ささぐ

いつの日も心に響くその歌評わが手本として十年過ぎき

健やかに吾をみつめて言ひまし し「お励みなさい」を今に忘れず

夜のふけて熱気こもれる卓四つ歌談義なほも酣《たけなは》にして

発掘二つ

魏志倭人伝に記す大国ありけむか吾に親しき湖の畔に

出土せし鉄の破片は武器ならむこの地を統べし王をぞ思ふ

永くわが親しみ来し「飛鳥板蓋宮《あすかいたぶきのみや》」発掘すすみてただ飛鳥宮となる

宮殿の屋根を板に葺く贅おもふ民は萱にて雨凌ぎしか

正月を前に取り出す古きカルタ札は擦れゐて
角なめらかに

源平戦にカルタ取ることも鈴江家の正月の慣
ひと母は守りき

二〇一七年

ヘアドネーション

「おいない」と響きやさしき京ことば林さん
の声なほ耳去らず

姉と慕ひ頼りきたりて幾年か夜更けていよいよ心乱るる

二尺の芽と子規の詠みしを諾へり日ごと伸びゆく薔薇前にして

時惜しみ庭に出でては世話をする薔薇愛好家《ロザリアン》と吾はなりたり

わが髪を伸ばし続けて三年過ぐガン病む人の
鬘作ると

寄付せむに三十センチ余要る髪をけふはすつ
ぱり店に切りたり

わが髪に整へられむその鬘いづこのをみなの
心癒すか

保久良山

わが町の背に聳ゆる保久良山《ほくらさん》祖父詠みたれば
親しみ仰ぐ

昼暗き社のめぐりに数知れず背丈超す磐湿り
横たふ

苔生して鎮まる磐の群れいくつ古代の墳墓か
祭祀の跡か

古き世の船行き交ひし茅渟海《ちぬのうみ》見下ろして建つ
保久良の社は

鳥居の前にかがり火を焚く石灯籠「灘の一つ
灯」と呼びて親しむ

「一つ灯」を頼りて漕ぎし古人《いにしへびと》に天智帝あり
人麻呂のあり

近江蓮華寺

幾たびか訪ひ来し祖父と思ひつつ近江蓮華寺
に今し入りゆく

虫害に松枯れ果てし蓮華寺に今は松風きくこ
とのなし

許されてまばゆき瓔珞の下歩む茂吉先生の位
牌を見むと

わが首を差し出し手柄にと郎党に勧めし仲時
のこころ尊ぶ

北条一族の五輪塔まへに苔の径茂吉文明立ち
ましところ

墓石に彫りし文字おぼろ辛うじて「阿闍應上
人和尚」と読む

あれこれと思ひ廻らしし林泉の六十五周年恙
なく終ふ

二〇一八年

けふのウオーク

新しき店に気付きぬ道ひとつ違へて歩むけふのウオーク

買物も庭仕事もはや仕舞はむよ記録的寒波の
襲ひくるらし

わが庭に百超す薔薇の芽尖り出てその紅のひ
ときは目に立つ

丸々と太りし蚯蚓を埋め戻す何を作らむこの
良き土に

庵　治

高松の歌会迫りぬ讃岐うどん味はふことも楽しみとして

壁莇《すさ》に藁を混ぜたる蔵の内モダンなオブジェの不思議に似合ふ

ノグチの作品見つつし偲ぶ手づからに石磨きたる庵治の女ら

公園の庵治石を拓本に写しゐる書家なるきみの所作のうつくし

宇治平等院

帝釈天立ちます台座のひとところわづかに金
箔とどめて光る

四天王に踏みつけられし邪鬼の顔それぞれど
こか楽しげに見ゆ

まさに跳ばむ勢ひ見せて鳳凰像二十五枚の尾
羽膨らむ

足元より不意に青鷺飛び発ちて煌めく小魚を
たちまち銜ふ

青鷺がくいと顔上ぐその刹那喉落ちゆけり飲
み小魚は

茂吉生家

仲間連れ少年茂吉が駈けし原わが眼の先に今も広がる

一年をかけて学びし「死にたまふ母」その地に立ちて心の震ふ

『赤光』に詠まれし蚕飼のあといづこ桑の畑
を空しく探す

この先に斎藤紀一の家ありきと教はりて立つ
路地に人見ず

学校へ寺へ生家へ養家へと茂吉の跡どころ数
十歩のうちに

上山より持ち帰りたる翁草すでに葉のみとなりて勢ふ

ノアの箱舟

わが庭は裏も表もいちめんの池となり果て雨降り止まず

続く雨に思ひ出づるは幼き日母読みくれし
「ノアの箱舟」

三日三夜雨降り継ぎて庭の草今朝は向き向き
に乱れて伏しぬ

長き雨終はれど息つく暇のなしけふは体温超
ゆる暑さに

由良川の宿

綾部歌会五十年の賀に出できたり祖父と両親
の思ひも共に

祖父詠みし由良川の宿はここにしてわが前に
いま豊けき流れ

石蕗の黄の花庭に咲き出でて思ひは返る父逝
きし朝

祖父の忌も父の忌も共に十一月冷えまさる朝
の庭に供花摘む

咲く春を思ひて楽し日向みづき小さき蕾は星
の数ほど

住友修史室

ゆくりなく住友資料館に出逢ひたり祖父の手
になる原稿の束

六十年経て祖父直筆の原稿はなほ整然とわが
前にあり

庭樹々の奥処に心躍りたり「修史室」ありしはあの辺りかと

北風に襟立てて歩む伊根の道家並まばらに人の影見ず

古き漁具刺子半纏クジラの図漁止めし今も舟屋に置きて

この朝に獲りたる雲丹か黒き棘つやめき光る
舟屋の桶に

二〇一九年

車中より

頂より裾までヴェール引くさまにけふ白雲の
富士にかかれる

霧のなか入り乱れての関ヶ原味方に討たれし
兵もありけむ

幾千の兵の魂の揺らぎとも見えて関ヶ原に霧
立ちこむる

少しづつわが脚に歩まむ西国街道けふは西へ
と三宮めざす

沙弥島吟行

父生れし塩飽本島の沖はるか大き帆船すべるごとゆく

高波は此処に届きて海ぎしの砂岩抉られ木の根あらはに

この浜に人麻呂のまぼろし見給ひし宮地先生
わが幻に

ほろほろと口にやさしき和三盆病みます君に
ひとつ求めむ

澤田潔大人《うし》逝く

御子よりの訃報届きてこの夕べただおろおろと時の過ぎゆく

小寺氏を失ひたるは二十日前けふ遇ふ父と仰ぐ澤田氏の訃に

祖父亡きあと「林泉」の心の拠所ともけふの日までを仰ぎしものを

わが心見通すごとくゆく道を示し給ひき言葉少なに

賜りし文の末にはいつの日も吾への励まし添へられありき

逝きましてひと月のちに寄付届く「澤田潔」と直筆の字に

蜩を聞く

緑若きタイム選りつつわが爪に摘むときしるく香りの立てり

この年もフェンスを埋むる葉の陰にこころ躍らせ零余子を数ふ

零余子飯楽しみに待つ夫のため太れよ太れ指に撫でゆく

この夏に逝きにし人ら思ひつつ縁側にひとり蜩を聞く

京都渉成園

獅子吼《ししく》より出でたる水は石に沿ひ二別れして
落ちてゆきたり

秀吉の造りし御土居の上に立つ吾らと思ひて
しばし昴る

台風の過ぎて戻れるあをき空ミズスマシの影
池にきはだつ

歪み持つ玻璃戸めぐらす閬《らう》風《ふう》亭《てい》ここより庭を
愛でゐしは誰

青芝を囲む茶の木に不揃ひの実のひしめきて
重々と垂る

正倉院展

帯に嵌むるラピスラズリの藍の冴ゆシルクロードを辿り来たりて

大仏開眼に聖武天皇履きし靴意外に足の大き人なりき

獅子舞の起源思はす伎楽面復元されて吾を威嚇す

初春の子の日の箒《はばき》と家持の詠みしはこれか碧
玉飾る

蔛育てむ行事に用ゐし箒らし取手の鹿革むら
さき保つ

二〇二〇年

暖冬

雪を見ることなく冬を終へるのかすでに沈丁
花の香り始めぬ

暖冬にただ喜べず雪なくば旨き米採れぬ秋を思ひて

うす氷張れる冬もありたりき水が飲めぬと犬見上げゐき

取り囲む仕事の暇に遠く来て湖のほとりに聴くさだまさし

鈍色に雲垂れこむる湖の果て比良山のうへ雪
運ぶ雲

『住友春翠』

み剣を遠く眺むる遥拝所眉山の頂にこころし
づめむ

ふた親と旅して三十年徳島の町は海へ海へと
延びゆく

祖父ののち新町小学校を出でし人武原はんに
瀬戸内寂聴

種々《くさぐさ》の資料読み泥み祖父幸太郎らの巨帙『住
友春翠』に手古摺る今日も

日本史と辞書と天皇総覧を傍に読みゆく『住友春翠』

おほよそは漢文調にて読み慣れずルビの多さに更に戸惑ふ

コロナ禍に

植ゑ替へむ薔薇の穴掘る吾に向き隣家のをさなは語りてやまず

ぼくの夢はいつか宇宙へ行くことと瞳すがしく話してくれぬ

宇宙飛行士の君を見たしと思へどもをばちゃんはその時生きてはゐまい

コロナ禍に知る幸せのあるごとし小さき友と過ごすひととき

吉野の旅

紙漉師自ら育てし楮を刈りて家の真下の吉野
川に晒す

合歓の木の皮もて染めし和紙の黄は温もり伝
へてこころ和ます

紙漉きを継がむ子のけふ戻り来ると和紙包みつつ笑顔に言へり

吉野山襲ふ驟雨に高杉の木群暗めば逃げるがに去る

醸造元にわれら並んで試飲せり吉野杉樽に仕込む地酒を

吉野駅駅前のポストは桜いろ誰かにたよりを
出したき思ひす

光る玉砂利

新しく花壇作らむ納屋塗り替へむコロナに生
れし吾のゆとりに

墓の前しろき玉砂利しき詰めて風わたる中に
清々と居り

ようなつたと父の声聞く思ひする玉砂利光る
み墓の前に

山近き仁和寺あたり紅葉づる早し濃きあの赤
は櫨か漆か

毛布一枚加へて具合よしと夫言へど吾は羽毛の布団にて足る

友の八朔

友の庭に八朔捥げと渡されし鋏を手にしてわらべに返る

半日を過ごすうちにもまた時雨れ由良川堤は
濡れ色深む

炊きあげて厨に著きマーマレードこの柚は綾
部の友の賜物

賜りし大蒜に作る旨きチップパスタに和へむ
かシーザーサラダか

手を取りて林泉の危機を乗り越えし同志津田
昭子さん身罷る

許されて御山に従ひ友を拾ふ重荷背負ひし脆
きみ骨を

二〇二一年

悼　半藤一利氏

昭和史を語る最後の人なりと書架より取り出す『日本のいちばん長い日』

胸ふかく刻む半藤氏の言葉いくつ教科書に習はぬ日本史いくつ

「絶対」といふ言葉好まぬ半藤氏が「絶対に戦争はいけない」と言ふ

近頃の政治家を質して欲しきとき半藤氏九十歳《くじふ》の死は早すぎる

リモート会議

追儺の豆転がる庭に戻りくる寒さよ春待つ心萎えゆく

春立てど教科書に習ひし縦縞の冬型気圧配置は消えず

スマホ使ひリモート会議に挑むわれら役員平均七十五歳

二条城

糸偏にかかはる看板多く見て古き通りを二条城まで

花のとき終へたる二の丸庭園に天を指さむと
新芽いきほふ

にひみどり輝く二の丸庭園にほしいままなり
深呼吸する

徳川家の威光示しし天守跡へ高き石段難儀し
て踏む

明日香の豚料理

飛鳥人が豚食べゐしといふ記事に心和みて焼くローストポーク

仏教が殺生禁ずるその前は思ふより豊なる食卓なりけむ

マスクして静かに観るさへ許されず今月の歌舞伎諦めむとす

公演中止にチケット代金戻れども金額以上の傷の残れり

なべて吾には「要」なるものを会食も観劇もならぬと厳しきお触れ

世に不要と言はるるものが本当は心を豊かにすると言ひたし

東京五輪

書き物を始める前のわが慣ひ小刀に鉛筆五本を削る

小刀は使ひ慣れたる肥後守長き歳月共に越え
来ぬ

芯を細く先まで尖らす肥後守切れ味は鉛筆削
り器に真似できぬもの

見切り発車のごとく始まる東京五輪素直に喜
べぬわたくしがゐる

ＩＯＣに入る放送権料いかほどか「金《かね》」のラッシュは開幕前より

金メダルに沸くこの瞬間もコロナにて一人寂しく逝く人あらむ

六甲山麓

山鳩のくぐもる声に目覚めたり六甲山麓に住めるさきはひ

よもすがらカネタタキ鳴くわが庭にけふはうれしき邯鄲のこゑ

相次ぎて夫を送りし友ふたり秋の夜長をいかに過ごすや

パソコンも吾もよはひを重ねたり起動するにも時間のかかる

更新《アップデート》せよとまたもや迫り来るパソコン相手に知らぬふりする

「柘榴の家」にわれの愉しみひとつあり朝の光の中なる湯浴み

小さき手に

淡路島の水仙郷を楽しみし翌日なりきかの大
震災は

わが車通りし跡を追ふごとく巨大地震の襲ひ
かかれり

小さき手にバケツを提げて水汲みに行きし子は今幼子抱く

夫悼む歌月々に詠みつぎて友らにやうやく笑顔の戻る

歌あれば哀しみ越えてゆくことも「林泉」ありて吾が知るひとつ

二〇二二年

小谷・長浜

雪残る小谷《をだに》を遠く訪ひて来ぬ虎御前山《とらごぜ》いづこ
姉川いづこ

くつきりと王の字見ゆる将棋の駒指ししは長政かお市の方か

鴨鍋に身は温もりて街をゆく散らつく雪をものともせずに

谷家の祖かつて戦ひし「七本槍」*その名冠する地酒を選る夫

＊酒の名は「七本鎗」

太秦広隆寺

大工中世話人の名しるす奉納額鮮やかにして
安政三年のもの
太き梁の両端に彫る象の頭《かしら》優しき笑みに本堂
守るか

額の文字かすれて読めねど五芒星は真中を占めて金色に光る

境内に隣る幼稚園より弾む声コロナに負けず健やかに育て

寄木造りの観音像の面を二分けに接合線は膝まで貫く

鼻は欠け手も捥がれたる千手観音この世に長し千年の祈り

幼き日触れむばかりに見し弥勒今は二重の柵を隔てる

半夏生

東《あづま》より嫁ぎきたりし半夏生わが庭にいま根付き勢ふ

倍々に数増えゆきてこの年は十三株を楽しみて待つ

しろじろと初花咲くに寄りゆけば恥ぢらふご
とく半夏生揺る

万葉植物園に見し紀伊《きい》上臈《じやうらふ》杜鵑《ほととぎす》ゆくりなく
園芸店に再会したり

垂れ下がり黄の花咲かせる秋の頃思ひてしば
し吾のさきはひ

金沢の旅

新幹線通りて変はる金沢の街わが知る景色いづこにありや

コロナにも負けずはためき吾らを招く加賀梅鉢の紋入り幟

眼下を幹線道路貫くとは思ひも寄らぬ苑の静けさ

脂採られし傷あと深き松の幹ものなき戦後の貧しさを知る

舟遊びに模して興ぜし舟形の四阿残る萩のまにまに

苑の内に会ひたる修学旅行生つぎつぎ吾に挨拶してゆく

あなたを産んだ日

京都歌会に輪読始めむ『風紋』を心新たに今宵読みゆく

自《し》が幸を「あなたを産んだ日」と遺したる母
の言葉に励まされ来つ

母の齢にあと十年と近づきてすがるこころに
『風紋』ひらく

あとがき

このたび、思いもよらず、はじめての歌集を持つことになりました。雁部先生のお勧めに従い、初期のころの作品を除き、平成十九年から令和四年まで、「林泉」にお選び頂いた歌の中から四六八首を収めています。歌集の期間は、母の死から十七回忌前年まで、その間には自分自身にも様々な変化がありました。振り返れば、いくつもの出会いと別れを、歌を通して心に刻む年月だったように思えます。

この歌集のために、雁部先生にはご多忙のさなか、一方ならぬご指導を賜りましたのみならず、身に余る立派な序歌を頂戴しました。感謝の言葉を尽くしても尽くし足りない思いでいっぱいでございます。厚く御礼を申し上げます。

祖父も両親も歌詠みという環境に育ちながら、若い頃は短歌にそれほど心惹かれないまま過ごしました。今にして思えば、なんと勿体なかったことかと反省しきりです。それでも結局、短歌の扉を叩いたのは子育てのさなかでした。日々成長する子供の姿を歌に詠みとどめておきたい…そんな気持が募ったからです。最初の歌の師は母でした。溢れ出る言葉を書き連ねた歌稿は、母の手で真っ赤に添削されて戻ってきました。「言葉遊び」「平凡」「陳腐」など厳しい評が続く中、三十首に一首くらい、「見所あり」と書かれていました。その「見所あり」にすがる思いで作歌を続けた日々でした。やがて母から「宮地伸一先生に師事してきちんと学びなさい」と助言をもらい、「林泉」に入会しました。平成四年のことです。以来十九年、宮地先生には日本語の美しさ、短歌の奥深さをご教示いただきました。そしてその後は雁部貞夫先生のもとで、短歌にも伸びやかな視野が必要なことをお教えいただき今日に及んでいます。母亡きあと、覚悟を決めて「新アララギ」にも入会し、新たな世界が広がりました。その間、「林泉」また「新アララギ」の諸先生方、先輩方の温かなご指導を賜り、今も恵まれた短歌人生を歩ませて頂いております。お世話になりましたすべての皆様に心より感謝申し上げます。

歌集を編むために、これまでの自分の歌をあらためて読み返して、「言葉遊び」「平凡」「陳腐」なる母の言葉が今も蘇る思いでいます。道は長く遠く私の前に続きますが、一生かけて辿るべき道程であるとも感じています。今後とも皆様のお力添えを頼りに精進を続けてまいります。どうぞよろしくお願い申し上げます。

歌集の装幀には、母の遺した紫の鮫小紋を選びました。また、歌集のタイトルは、私を短歌に導いてくれた母へのオマージュとして、宮地先生の選を受けた一首「死の床に母の一生のさち問へばよどみなく答ふる「あなたを産んだ日」」からとりました。母が最期に残した言葉です。この一言は、その後の私の心を何度も支えてくれましたし、これからもきっとそうなることと信じています。

このたび、雁部先生にご紹介をいただき、このささやかな歌集の刊行をご相談いたしましたところ、青磁社代表、永田淳様には快くお受けくださり、きめ細やかなご指導ご配慮を賜りました。厚く御礼を申し上げます。

令和五年　秋

神戸　岡本の家にて　　谷　夏井

林泉叢書第一一六篇

歌集　あなたを産んだ日

初版発行日　二〇二三年十一月二十六日
著　者　谷　夏井
神戸市東灘区岡本五—四—二三（〒六五八—〇〇七二）
定　価　二五〇〇円
発行者　永田　淳
発行所　青磁社
京都市北区上賀茂豊田町四〇—一（〒六〇三—八〇四五）
電話　〇七五—七〇五—二八三八
振替　〇〇九四〇—二—一二四二一四
https://seijisya.com
装　幀　濱崎実幸
印刷・製本　創栄図書印刷

ISBN978-4-86198-576-8 C0092 ¥2500E